I Like Jam

Illustrated by Stella Yang

Rigby

I like jam
and peas.

JAM

I like jam
and bones.

JAM
JAM
JAM

I like jam
and eggs.

JAM

I like jam
and fish.

JAM
JAM

I like jam
and carrots.

JAM
JAM
JAM
JAM

I like jam
and socks.

JAM
JAM
JAM

Yuck!

Yuck!!

I like jam and bugs!
JAM

and
like
my
and
a
I